KB187226

Questionnaire
de
Proust

프루스트의 질문

Questionnaire de Proust

감정과 취향의 보관 앨범

이화열 편역

Marcel Proust

앤의
서재

"진정한 여행이란
새로운 풍경이 아닌
새로운 시각을 지니는 것이다."

마르셀 프루스트

내 삶과 시간을 깨우는
100가지 질문

부엌 창가에 앉아 커피를 마시며 잡지를 들춰보는 아침 시간은 일상에서 가장 편안한 순간이다. 이런 시간이 사치에 가까운 특권이란 것을 알수록 그 맛은 더없이 달콤하기만 하다. 오랫동안 내 완벽한 아침 식탁은 시사 잡지 「르 익스프레스L'Express」의 부록이 배달되는 주말이었다. 부록의 맨 마지막 페이지에 실리는 〈프루스트의 질문 Questionnaire de Proust〉을 읽는 즐거움 때문이다.

'가장 완벽한 행복은?'이라는 질문으로 시작해서 '어떻게 죽고 싶나?'라는 질문으로 끝나는 인터뷰의 주인공들은 예술가, 작가와 같은 유명인이었다. 그게 누구든 짧은 한 페이지에 담긴 24개의 답은 기묘한 광학 장치처럼 한 사람의 욕망과 취향을 드러내기에 충분했다. 〈프루스트의 질문〉은 퍼즐 조각을 가지고 한 존재를 끼워 맞추는 즐거운 놀이터 같은 것이었다. 한 번 맞춘 퍼즐을 버리는 것을 아까워하듯 〈프루스트의 질문〉 페이지를 잘라 모아두곤 했다.

프루스트의 질문은 사람들의 예상과 달리 마르셀 프루스트가 만든 질문지가 아니라 작가가 답을 적은 노트다. 빅토리아 시대부터 영국에서 유행하던 이 질문 게임은 세기말 도버 해협을 거쳐 파리의 리볼리 가 서점에 도착한다. 질문 노트에 답을 하는 게임은 당시 상류층 거실뿐 아니라 유럽 전역에서 유행이었다.

1887년 어느 날, 프루스트의 학급 동료인 앙투아네트 포르가 가정교사로부터 아라베스크 무늬가 박힌 작고 빨간 가죽 앨범을 선물 받는다. 프루스트는 친구 앙투아네트가 가져온 '고백Confessions'이라는 글자가 찍힌 앨범의 질문들에 조심스럽게 답을 적는다.

"당신이 가장 좋아하는 일은?"
"사랑하기."

영어로 된 24개의 질문 노트에 처음으로 천재 젊은 예술가의 초상이 그려진다. 여전히 어머니의 사랑을 갈망하는 소년이면서 성숙한 문학 취향을 가진 미래 위대한 작가의 이 고백 앨범은 사라지지 않고 1924년 발견되는데, 1949년 아셰트 출판사에서 『마르셀 프루스트를 찾아서』라는 제목으로 출간된다.

프루스트의 질문은 그 뒤 프랑스 텔레비전의 유명한 문학 프로그램 「아포스트로프Apostrophes」의 진행자 베르나르 피보에 의해서 수정되었고, 세계적으로 전무후무한 인터뷰 형식으로 자리 잡는다. 프루스트가 완성한 앙투아네트 포르의 앨범은 2003년 경매에 나와 12만 유로로 제라르 다렐 사에 낙찰된다.

어떤 순간에는 삶이 매우 아름답게 보이는데도
사소한 것처럼 생각되는 까닭은
삶의 흔적 그 자체가 아니라 삶에 대해
아무것도 간직하지 않거나
매우 다른 이미지들에 근거해서 판단을 내리는 데 있다.
— 때문에 우리는 삶을 멸시하는 것이다.

마르셀 프루스트가 『잃어버린 시간을 찾아서』에서 망각에 가라앉았던 먼지의 시간을 일깨우듯, 단순하고 또렷한 프루스트의 질문들은 무심한 욕망, 의식하지 못하고 있는 인생관을 일깨우는 면이 있다.

"당신에게 완벽한 행복은?"

세월과 함께 답도 바뀐다. '고백'이라는 제목 뒤에 '감정과 취향의 보관 앨범'이라는 부제가 달린 이유일 것이다. 프루스트는 열다섯 살이었던 1887년부터 1893년까지 세 번 질문지에 답을 적었다.

타인을 향한 질문만큼 자신에게 던지는 질문도 중요하다. 자기성찰을 요구하는 이 질문들에 답을 적으면서 진정한 본성을 알아갈 수 있음은 물론이다. 우디 앨런, 데이비드 보위, 칼 라거펠트 등 유명인들의 프루스트의 질문에 대한 답변은 그들만큼 위트 있고 사려 깊고 독창적이다. 프루스트의 질문과 함께 인생에서 한 번쯤 자신에게 던져보면 좋은 질문들을 이 책 『프루스트의 질문』에 모았다. 독자는 친밀한 사람과 같이 적어볼 수 있고, 같은 질문에 여러 번 답을 기록할 수도 있다. 훗날 회상을 위한 소중한 기록이 될 수 있을 것이다.

프루스트의 질문 중 '당신이 소유하는 가장 소중한 것은?'에 대한 나의 답은 사진 앨범 같은 이런 삶의 흔적이다. 그리고, 만약 우리가 일상의 골목을 돌아서면서 자신에게 질문을 던지는 나지막한 내면의 목소리를 들을 수 있다면 프루스트의 말처럼 독자가 자기 자신의 고유한 독자가 되는 경지를 체험하게 되는 것이리라.

"어떻게 죽고 싶은가?"
"후회 없이 편안하게……."

에세이스트,
이화열

1 Celle des ye...
2 Celle des jou...
3 Celle dont...
4 On que cueille... L'homme
5 On aime toujour...
6 La sincérité...
7 L'étroitesse...
8 Aimer...
9 dire...
10 Je vous le dira...
beaucoup. phrases. J'ai...

la personne que j'aime
a personne que j'aime
le un charmant poëte
jolie main

e le plat qu'on mange
deviens flatteur je changerai
it   d'avis

mais je n'aime pas faire de
a ou sentimental, l'étau

Votre vertu préférée ?

당신이 생각하는 최고의 덕목은?

프루스트

진지함, 만약 내가 경망스러워진다면 덕목도 바뀔 것이다. _1987

없다. 모든 덕목은 권태롭다. _ 카미유 클로델(조각가)

일기를 쓰기 시작한다면 첫 문장은?

Vous démarrez un journal intime, quelle en est la première phrase ?

Ce que vous comptiez faire à l'instant ?

아무것도 하지 않고, 모든 것을 잊고, 오랫동안 떠나고 싶다. 그리고 다시
돌아왔을 때 여전히 옷을 만들고 싶은지 알고 싶다. _이브 생 로랑(패션디자이너)

Le principal trait de votre caractère ?

당신의 성격의 가장 큰 특징은?

Questionnaire de Proust

프루스트

한 종파에 국한되지 않는 것, 보편적인 것. _1887
사랑받고 싶은 욕구, 더 정확히 말하면
존경받는 것보다 다정한 손길,
버릇없을 정도로 애정을 독차지하는 것이 필요하다. _1893

끈기._스티븐 킹(작가)

Votre juron, gros mot ou blasphème favori ?

습관적으로 가장 자주 쓰는 말은?

남자가 가져야 할 덕목이라면?

La qualité que vous préférez chez un homme ?

6

Questionnaire de Proust

프루스트

지성, 도덕. _1887
여성적 매력. _1893

독창성, 편견 없음. _ 페드로 알모도바르(영화감독)

La qualité que vous préférez chez une femme ?

여자가 가져야 할 덕목이라면?

프루스트

부드러움, 자연스러움, 지성. _1887
인간적 미덕, 동료애적인 솔직함. _1893

싸울 수 있는 능력._페드로 알모도바르
남편을 화나게 만드는 것._카미유 클로델

당신의 인생에서 최우선 순위는?

Quelle est votre priorité
absolue dans la vie ?

당신 인생에서 가장 성공했다고 생각하는 것은?

Qu'avez vous réussi de mieux dans votre vie ?

생존한다는 것._해리슨 포드(영화배우)
지금까지는 사랑._아멜리 노통브(소설가)

당신이 소유하는 가장 소중한 것은?

Quel est votre possession la plus précieuse ?

기억. _ 말랄라 유사프자이(인권운동가, 노벨평화상 수상자)

유머 감각. _ 케네스 브래너(영화배우, 영화감독)

Quel a été le moment le plus pénible de votre vie ?

가장 고통스러웠던 기억은?

11

Questionnaire de Proust

프루스트

최악의 소화불량이 생긴 날. _1887

Votre occupation préférée ?

당신이 가장 좋아하는 일은?

프루스트

〰

독서, 몽상, 시구, 역사, 연극. _1887
사랑하기. _1887
사랑하기. _1893

아무것도 하지 않기. _ 프랑수아즈 사강(소설가)

아무 생각 없이 캔버스에 물감을 으깨는 일. _ 데이비드 보위(가수)

가장 좋아하는 단어는?

Quel est votre mot préféré ?

오늘. _ 베르나르 피보(저널리스트)

가장 싫어하는 단어는?

Quel est le mot que vous détestez ?

바쁘다. _ 움베르토 에코(소설가)

전쟁. _ 장 파비에(역사학자)

Quelle serait votre journée la plus parfaite ?

당신에게 가장 완벽한 날은?

Votre rêve de bonheur ?

당신이 생각하는 이상적인 행복은?

—— 16 ——
Questionnaire de Proust

프루스트

극장이 멀지 않은 곳에서 자연의 매력, 많은 책과 악보,
그리고 내가 좋아하는 사람들 가까이 사는 것. _1887
그다지 높은 경지의 행복이 아닐까 봐 두렵고,
말하면 그 꿈이 부서질까 봐 감히 말하지 못하겠다. _1893

Quel est,
selon vous,
l'idéal du bonheur terrestre ?

당신이 생각하는 지상의 행복은?

프루스트

말을 하고 싶지만, 문장으로 만들고 싶지 않다.
감상적인 건 끔찍하게 싫다.

스스로에게 행복한지 묻지 않는 한 나는 완벽하게 행복하다.
_칼 라거펠트(패션디자이너)

Le comble de
la misère ?

18
Questionnaire de Proust

두려움 속에 사는 것._데이비드 보위
인종차별과 빈곤._레이 찰스(가수)

Une chose qui vous met vraiment en colère ?

당신을 가장 화나게 만드는 것은?

Quel est le trait que vous détestez le plus chez les gens ?

타인의 가장 싫어하는 면이 있다면?

수동적 공격성._해리슨 포드
재능._레이 찰스

Ce que vous appréciez le plus chez vos amis ?

친구들에게서 가장 중요하게
생각하는 덕목은?

프루스트

나를 위한 부드러움, 그들이 그런 부드러움에
가치를 둘 만큼 섬세함을 지닌다는 전제하에. _1893

친구라는 뜻이 그렇듯, 좋거나 나쁘거나 항상 옆에 있다는 의미.

_라파엘 나달(운동선수)

하루 중 가장 좋아하는 순간은?

Votre meilleur moment de la journée ?

Votre principal
défaut ?

당신의 결정적인 단점은?

프루스트

〰️

무지, 원하지 못하는 것. _1893

너무 인간적이라는 것. _ 에밀 쿠스트리챠 (영화감독)

수줍음. _ 이브 생 로랑

당신이 좋아하는 색은?

La couleur que vous préférez ?

24
Questionnaire de Proust

프루스트

모든 색. _1887
사랑하는 사람의 눈 색깔. _1887
아름다움은 색이 아닌 조화. _1893

하늘색._루이 아라공(시인, 소설가)

La fleur que vous aimez ?

당신이 좋아하는 꽃은?

프루스트

모르겠다. _1887

매력적인 시인이 말하는 꽃과 아름다운 손으로 꺾는 꽃. _1887

그녀의 꽃, 그리고 모든 꽃. _1893

L'oiseau que vous préférez ?

당신이 좋아하는 새는?

26

Questionnaire de Proust

프루스트

제비._1893

어떤 상황에서 거짓말을 하는가?

A quelle occasion mentez-vous ?

27

Questionnaire de Proust

초대받은 곳에 가고 싶지 않을 때._해리슨 포드

만약 당신이 문학 살롱의 주인이라면
누굴 초대하고 싶은가?

Vous tenez salon littéraire,
qui invitez-vous ?

환생한다면 무엇으로 태어나고 싶은가?

En quoi aimeriez-vous vous être réincarné ?

사랑스럽고, 적이 없는 스펀지. _우디 앨런(영화감독)

현실에서 남자 영웅이 있다면?

Vos héros dans la vie réelle ?

Questionnaire de Proust

프루스트

소크라테스, 페리클레스, 마호메드, 뮈세,
소 플리니우스, 오귀스탱 티에리의 중간. _1887
다를뤼, 부트루 두 선생님. _1893

아침에 일어나서 출근하고, 아이들 밥을 먹이고,
옳은 일을 하려고 하는 일상적인 사람들._레이 찰스

현실에서 여자 영웅이 있다면?

Vos héroïnes dans la vie réelle ?

프루스트

평범하고 일상적 존재이면서 천재적인 여자. _1887

클레오파트라. _1893

내 아내._마르셀 파뇰(작가)

Le son,
le bruit que
vous aimez ?

정적. _ 움베르토 에코
나무에 떨어지는 빗소리. _ 장 뤽 고다르(영화감독)

Le son,
le bruit que vous
détestez ?

가장 싫어하는 소리, 소음은?

정적.＿움베르토 에코
내 목소리.＿우디 앨런

Quel serait votre plus grand malheur ?

가장 큰 불행이라면?

프루스트

〰

어머니와의 이별. _1887
어머니와 할머니를 알지 못하는 것. _1893

탈고한 원고를 잃어버리는 것._로맹 가리(소설가)

어떤 존재가 되고 싶은가?

Ce que vous voudriez être ?

35
Questionnaire de Proust

프루스트

이런 질문에는 대답하고 싶지 않다.
그런데도 소 플리니우스 같은 사람이 되었으면 한다. _1887

이미 되었다. _ 알랭 들롱(영화배우)

3 films et 3 livres
pour partir voyage
dans l'espace ?

우주여행을 떠날 때 가지고 가고 싶은
영화와 책 세 가지는?

당신이 절대 떨어져 살 수 없는 세 가지는?

**Quelles sont les trois choses
sans lesquelles vous ne
pourriez pas vivre ?**

Si vous pouviez changer une chose dans le monde, ce serait quoi ?

만약 세상에서 한 가지를 바꿀 수 있다면?

당신이 좋아하는 냄새는?

Quelle est votre odeur favorite ?

39
Questionnaire de Proust

프루스트

좋아하는 사람의 뺨 냄새. _1887

Quel animal vous est le plus sympathique ?

당신이 가장 좋아하는 동물은?

프루스트

인간. _1887

당신이 좋아하는 눈과 머리 색깔은?

Quelle couleur d'yeux et de cheveux préférez-vous ?

41

Questionnaire de Proust

프루스트

우리는 항상 가까이 있는 것을 제일 좋아한다.

Quel délassement vous est le plus agréable ?

가장 좋아하는 휴식은?

과대평가된 덕목이라고 생각하는 것은?

La vertu
la plus
surévaluée ?

명예, 인간은 명예라는 이름으로 자신과 타인을 해친다고 생각한다.
_데미안 루이스(영화배우)

과대평가된 덕목은 없다. _스티븐 킹

당신이 시간을 거슬러 가서
단 한 사람의 출생을 막을 수 있다면, 누구인가?

Vous pouvez remonter
le temps et empêcher la
naissance d'une personne
(et une seule), qui ?

당신 방에만 있는 특별한 물건은?

Que trouve-t-on de particulier dans votre chambre ?

당신이 결혼하고 싶은
소설이나 영화 속 인물은?

Vous pouvez épouser un
personnage de fiction, qui ?

46
Questionnaire de Proust

La dernière fois que vous avez pleuré ?

마지막으로 울었던 기억은?

사랑하는 숲이 탔을 때._ 디디에 반 코뷜라르트(작가)

당신이 경험한 최고의 여행은?

Votre voyage favori ?

내 모든 것을 다 바친 경기가 끝나고 집으로 돌아오는 길._라파엘 나달
매일 밤 침대에서 떠나는 여행._톰 포드(패션디자이너)

당신이 가장 좋아하는 작가는?

Vos auteurs favoris en prose ?

49
Questionnaire de Proust

프루스트

조르주 상드, 티에리. _1887
아나톨 프랑스, 피에르 로티. _1893

셰익스피어, 톨킨, 메리 웨슬리. _제인 구달(동물학자)

Vos poètes
préférés ?

당신이 가장 좋아하는 시인은?

프루스트

뮈세. _1887

보들레르, 알프레드 드 비니. _1893

Vos héros dans la fiction ?

좋아하는 소설 속의 남자 주인공은?

프루스트

시적이고 낭만적인 주인공,
어떤 모델이라기보다 이상적인 주인공. _1887
햄릿. _1893

버지니아 울프의 올랜도 _칼 라거펠트

좋아하는 소설 속의 여자 주인공은?

Vos héroïnes favorites
dans la fiction ?

프루스트

모든 장르에서 부드럽고 시적이고 아름다운 주인공들,
성을 떠나지 않고도 훨씬 여성적인. _1887
베레니스. _1893

당신은 언제 어디서 가장 행복했는가?

Quand et où avez-vous été le plus heureux ?

53

Questionnaire de Proust

침대에서 아이들을 만들 때, 병원에서 그 아이들이 태어나는 것을 지켜봤을 때.

_ 맷 데이먼(영화배우)

당신이 가장 여행하고 싶은 장소는?

Où aimeriez-vous voyager
le plus ?

하루를 시작하는 의식이 있다면?

Quels rituels pour commencer la journée ?

Quel sort vous paraît le plus à plaindre ?

당신이 생각하는 가장 측은한 운명은?

프루스트

어리석음.

만약 당신이 선택할 수 있었다면
어떤 이름을 선택했을까?

Quel prénom
auriez-vous pris,
si vous l'aviez choisi ?

프루스트

만약 지적인 남자 혹은 아름다운 여자라면
당신 입으로 말을 할 수 있을 것이다. _1887

지폐에 인쇄하고 싶은 인물이 있다면?

58
Questionnaire de Proust

.

Homme ou femme pour
illustrer un nouveau billet
de banque ?

앞면에 아버지, 뒷면에 어머니. _마르첼로 마스트로야니(영화배우)

만약 당신의 한 가지를 바꾸고 싶다면?

Si vous pouviez changer une chose sur vous-même, quelle serait-elle ?

집착을 좀 덜 해도 괜찮을 거야. _스티븐 킹

당신을 가장 웃게 만드는 것은?

60
Questionnaire de Proust

Qu'est-ce qui vous fait le
plus sourire ?

당신에게 마약과도 같은 유혹이 있다면?

Votre drogue
favorite ?

로맨스. _장 뤽 고다르

샴페인. _브리지트 바르도(영화배우)

Le pays où vous désireriez vivre ?

당신이 살고 싶은 나라는?

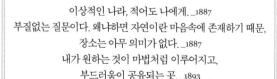

프루스트

이상적인 나라, 적어도 나에게. _1887

부질없는 질문이다. 왜냐하면 자연이란 마음속에 존재하기 때문,

장소는 아무 의미가 없다. _1887

내가 원하는 것이 마법처럼 이루어지고,

부드러움이 공유되는 곳. _1893

윌슨 씨의 마음속. _카미유 클로델

딱딱한 침대 혹은 부드러운 침대 중
무엇을 선호하는가?

Préférez-vous un coucher
dur ou tendre ?

63
Questionnaire de Proust

프루스트

아름다운 꿈을 꾸는 침대.

Le film qui vous fait pleurer ?

지금 침대 머리맡에 놓여 있는 책은?

Votre livre de chevet ?

가장 존경하는 군사적 행동은?

Le fait militaire que vous estimez le plus ?

동원 해제._루이 아라공

Quel personnage historique vous est le plus sympathique ?

당신은 어떤 역사적 인물을 좋아하는가?

프루스트

～

사랑스럽게 보이는 인물.

가장 싫어하는 역사적 인물은?

Quel personnage historique détestez-vous le plus ?

너무 경쟁자가 많다. _폴 클로델(시인)

Questionnaire de Proust

Quelle est selon vous le chef-d'œuvre de la nature ?

당신이 생각하는 자연의 걸작은?

프루스트

아름다운 피부, 그리고 달콤한 시구. _1887

당신이 좋아하는 이름들은?

Vos noms
favoris ?

70
Questionnaire de Proust

프루스트

좋아하는 이름은 복수가 아닌 항상 단수._1893

대체 이름 안에 무슨 의미가 있단 말인가?
장미가 다른 이름이었어도 달콤한 향기가 났을 것이다. _스티븐 킹

샤워할 때 휘파람으로 부르는 노래가 있다면?

La chanson que vous sifflez
sous la douche ?

당신의 외모 중 가장 마음에 들지 않는 부분은?

Qu'aimez-vous le moins
dans votre apparence ?

이 주제에 평생을 바쳤다는 점._칼 라거펠트

Quel est votre plus grand regret ?

당신의 가장 큰 후회는?

나팔바지를 한 번도 입어보지 못한 것._데이비드 보위

Vos compositeurs
préférés ?

가장 좋아하는 작곡가는?

프루스트

모차르트, 샤를 구노. _1887
겨울에는 가장 웅장한, 여름에는
가장 가벼운 음악의 작곡가. _1887
베토벤, 바그너, 슈만. _1893

가장 좋아하는 화가는?

Vos peintres favoris ?

75
Questionnaire de Proust

프루스트

에르네스트 메소니에. _1887
내가 좋아하는 여자와 닮은 여자들을 그리는 화가. _1887
레오나르드 다 빈치, 렘브란트. _1893

당신은 가장 우울할 때 무엇을 하는가?

Que faites-vous
dans vos périodes
de tristesse ?

당신이 받았던 최고의 칭찬은?

Quel est le plus beau compliment ?

당신에게 가장 큰 사치가 있다면?

Quelle est votre plus grande extravagance ?

토핑 크림 들어간 아이스크림. _데미안 루이스
정원, 옥스퍼드 강가를 산책하는 것. _말랄라 유사프자이

Quel est votre mets de prédilection ?

당신이 가장 좋아하는 음식은?

프루스트

배고플 때 가장 생각나는 음식.

가장 갖고 싶은 천부적 재능은?

Le don que vous
voudriez avoir ?

80
Questionnaire de Proust

프루스트

의지, 유혹의 능력. _1893

노래 잘 부르는 재능.._해리슨 포드
잠 잘 자는 능력.._폴 클로델

Votre devise
favorite ?

당신의 좌우명은?

프루스트

〰️

가장 단순한 표현조차 아름답고, 좋고,
위대하기 때문에 단 한 문장으로는 만들 수 없다. _1887
사랑, 의심. _1887
좌우명이 불운을 가져올까 봐 두렵다. _1893

잘생기고 부자인 것이 가난하고 못생긴 것보다 낫다.

_에밀 쿠스트리차

열네 살의 당신을 만난다면 해주고 싶은 조언

Si vous rencontriez
votre moi de 14 ans, quel
conseil lui donneriez-vous ?

Le meilleur conseil que l'on vous ait donné ?

당신이 받은 인생 최고의 조언은?

'아니다'라고 말하는 것을 배워라. _장 도르메송(소설가)

몇 살이냐고 물어봐도 되는가?

**Peut-on vous demander
l'âge que vous avez ?**

프루스트

내가 과장하지 않는지 조심하라.
스무 살도 아니고 요염한 엄마 나이도 아니지만. _1887

항상 당신 편인 존재가 있다면 누구인가?

Quelle personne est toujours là pour vous ?

당신이 가장 좋아하는 풍경은?

Quel est votre paysage préféré ?

Votre état d'esprit actuel ?

현재 마음의 상태는?

프루스트 〰

이 모든 질문에 대답하기 위해 <u>스스로를 생각하는 괴로움</u>. _1893

카오스 _장폴구드(포토그래퍼)

가장 관대해질 수 있는 결점은?

Les fautes qui vous inspirent
le plus d'indulgence ?

88
Questionnaire de Proust

프루스트

천재들의 사생활._1887
내가 이해할 수 있는 결점._1893

맞춤법 오류._레몽 크노(소설가)

당신은 우정을 믿는가?

Croyez-vous à l'amitié ?

89
Questionnaire de Proust

프루스트

♗

우정을 믿지 않는다. 하지만 친구를 믿는다. 특히 친구들.

당신 일상에 작은 기쁨이 있다면 무엇인가?

Quel est votre petit plaisir préféré ?

90
Questionnaire de Proust

Ce que vous détestez par-dessus tout ?

당신이 가장 싫어하는 것은?

프루스트

〰️

좋은 것을 알아차리지 못하고
사랑의 부드러움을 무시하는 사람들. _1887
편협한 에스프리. _1887
내가 가진 최악의 단점. _1893

무관심._제인 버킨(가수, 영화배우)

다 설명해주는 영화._로버트 알트만(영화감독)

가장 아름다웠던 순간은?

Quel a été le plus
beau moment de votre vie ?

프루스트

말하지만, 쓰기 싫은 것들이 있다.

하루 중 가장 기분 좋은 순간은?

Quel est, pour vous, le plus agréable moment de la journée ?

93

Questionnaire de Proust

프루스트

사랑하는 사람을 볼 수 있는 순간,
그것이 수포로 돌아가고 꿈을 꾸는 순간,
항상 내가 경험하는 열정의 순간들….

당신이 가장 두려워하는 것은?

Votre plus grande peur ?

킬로미터를 마일로 변환하는 것. _데이비드 보위
무관심하고 무뎌지는 것. _디디에 반 코뷜라르트

다시 태어나고 싶은 시대가 있다면?

L'époque à laquelle vous voudriez renaître ?

Quel est votre principale espérance ?

당신의 주된 희망은?

프루스트

∿

할 수 있는 한 많은 것들을 이해하고 사랑하는 것.

가장 아름다운 기억을 간직한 장소는?

De quel site avez-vous gardé le plus agréable souvenir ?

프루스트

당신은 나를 혼란스럽게 만들더니, 이 질문은 사려 깊지 않다.

만약 신이 존재한다면 죽은 뒤
당신에게 뭐라고 말해주길 바라는가?

**Si Dieu existe,
qu'aimeriez-vous,
après votre mort,
l'entendre vous dire ?**

용서해줄게(만약 신이 존재한다면 나는 좀 심각한 곤경에 처할 것이다).

_우디 앨런

생각이나 공감하는 인용문을 기록하세요

Écrivez une de vos pensées ou une citation dont vous approuvez le sens.

99

Questionnaire de ProustQuestionnaire de Proust

프루스트

사랑! 세상의 재앙, 지독한 어리석음이여! _뮈세

사랑하는 것 말고 세상에 좋은 것은 없도다. _누구인지 기억나지 않음

고대의 삶은 끝없는 허영의 회오리바람으로 만들어졌다.

Comment aimeriez-vous mourir ?

100
Questionnaire de Proust

프루스트

더 나은 사람으로, 사랑받으며. _1893

99살에 낙하산을 타고. _디디에 반 코빌라르트

주피터의 단검에 찔려 죽듯이 벼락을 맞아 죽고 싶다. _미셸 투르니에(소설가)
스코틀랜드의 강가에서 좋은 와인 한 병을 움켜쥐고. _엠마 톰슨(영화배우)

"삶은 사랑하는 사람들이
기대하는 기적으로
항상 가득 차 있다."

마르셀 프루스트

프루스트의 질문

초판 1쇄 인쇄 2022년 11월 18일
초판 1쇄 발행 2022년 12월 25일

편역 이화열
일러스트 이화열

펴낸이 한선화
편집 이미아
디자인 ALL contentsgroup
홍보 김혜진 | 마케팅 김수진

펴낸곳 앤의서재
출판등록 제2022-000055호
주소 서울 서대문구 연희로11가길 39, 4층
전화 070-8670-0900 | 팩스 02-6280-0895
이메일 annesstudyroom@naver.com
인스타그램 @annes.library

ISBN 979-11-90710-54-1 00800